우리는 영원을 만들지

Nous avons
créé le passé.
2021

이 광 호 0 3

파도를 일며

2016

\

2019

84편

시인의 말

끊임없이 파도를 내었다. 나와 같은 바다가 있을 거라 믿는다. 그에게 전하고 싶다. 우리는 파도를 낼 수밖에 없었음을, 그러므로 우리의 바다에 스스로 축복을 내리고 있는 것임을.

2019년 4월.
이광호.

1부
(21篇)

귀향

바다, 바람, 파도

쿠폰

시(詩)

그녀의 이름을 행복이라 바꿔 적었다

오늘의 사람

즐거운 편지

서둔로 166 함성

어쩌면 풍경은

새로운 학설이 정설이 될 때

어머니

살아있어서 어쩔 수 없는

소용없는 이정표

가족의 생

젊은 시인의 시(詩)

슬픔의 이유

저녁을 먹고

내가 배인 주름

겨울 우편물

나에게

겨울나무

2부
(24篇)

3부
(19篇)

오랜 숙제

밤길

지구의 미스터리

만들어지지 않은 손

궁극의 밤

유효하는 꿈

오브느

별자리를 외우며

기차

무수히 보냈던 편지

작별하던 밤

떨어지는 도토리 보며

안식처

이름 부여

낭만과 현실

시(詩)2

한때 여백이었던

제목이 너무 긴 마음은 구겨져

광안리 해변에서의 안부

4부
(20篇)

사랑의 가장

여인과 낙서

염치없이 키스를 바라고

사랑의 목격

한 겨울의 꿈

잠시의 즐거움

꿀 없는 꽃

유리문 너머에서

옷

겨울 잠

새드엔딩

비가 떨어지면

가을 고름

확인

아이와 어른

인연

찻집 시인과 농부에서

전염

너에게 가는 길

신세계

1부

나의 경솔함은 나를 잘도 부풀려 키웠고 나는 한껏 부푼 삶을 살았다.

누군가는 동경했고 누군가는 가여워했다.

그러나 나는 어쩌지도 못했다.
바람이 분다. 잎은 초록으로 짙어진다.

- 2018년 3월, 이광호 일기 中에서.

귀향

내가 아는 가장 가까운 거리를
시간은 가장 느리게 간다.

시계는 돌아갈 줄 밖에 몰라서
나는 오랫동안 돌아야 했다.

바다, 바람, 파도

모양 없는 바람이 바다를 만나
방향 없는 바다가 바람을 만나

바람은 모양을 가지고
바다는 방향을 가져서

하나의 파도가 된다.

석양을 지나
고래도 만나
어쩌다 섬에 부딪히기도
그러다 섬을 옮기기도

사람들은 파도를
바람과 바다라고 부르지 않아
파도는 파도일뿐

하지만 파도는 바다와 바람
파도는 사실 바다와 바람

바다는 바람을 만나
바람은 바다를 만나
파도라는 이름이 되어
앞으로, 앞으로

쿠폰

배가 고파도 잘 참던 적에
속이 허전해 콩나물국밥집을 들렀다

봉담점이라 달고 전주 이름을 내건 콩나물국밥집
혹, 돈 내고 배고프지 말라고 밥이 무한, 밥만 주면 서운해할까 봐 김도, 젓갈도 죄다 무한
국밥이 나오기도 전에 김 3봉지 세팅해놓은 내 식탁 보고
사모님 흐뭇하게 웃으며 많이 잡수시라

한 손엔 숟가락 한 손엔 스마트폰
밥은 먹고 다니냐라는 어머니 카톡에
한 글자 한 글자 엄지로 꾹꾹 눌러 오타 없게 전송하고
연체된 집세와 관리비 문자에 죄송하다 답장 누르다
쪽팔리게 그만 울음이

숨 한번 크게 내뱉으며 콩나물국밥 식히듯
금세 눈물은 들어갔는데 맞은편 노파의 눈빛이 심상치 않아
뭐 우는 거 봤나 보지
나는 일부로 시선을 밥통 쪽으로 옮겨 괜히 크게 밥 한 번 더 펐다

노파는 나갔고
내 뚝배기는 깨끗했지만

나는 한창 티비를 봤다
제목도 모르고 주인공도 모르는 드라마를

드라마가 끝날 무렵 나는 계산대로 향했는데
사모님이 말하길 좀 전에 할머님이 계산했다고
무슨 말이냐 따질 틈도 없이 노파가 자기 몫까지 찍은 쿠폰을 남기고 갔다고

어색하게 불렀던 배를 쓰다듬으며 담배 태우던 그날 일이
벌써 두 달도 더 된 일

국밥집 사모님 오늘 내게 쿠폰 도장 찍어주며
이 쿠폰 언제 쓸 거냐며 벌써 수육은 먹을 수 있다고 했다
나는 도장 안 번지게 쿠폰 받으며
만나면 드릴 사람 있다고 말하자
근사한 밥 한 끼 사드리라고 무슨 쿠폰이냐 꾸중을 남겼다

혼나는데도 흐뭇, 혼내면서도 흐뭇
나는 쿠폰의 도장을 모으고
노파를 만나길 기다린다.
그날 이후로 더 먹은 끼니들을 보여주려

시(詩)

내 안의 두려움과 싸울 때

시를 읽었다.

함께 싸울 아군을 모으는 일이었다.

그녀의 이름을 행복이라 바꿔 적었다

어지러운 오후는 나를 아무것도 할 수 없게 만들고
그나마 태우는 담배의 재마저 재떨이 밖으로 떨어트린다.
아직도 나는 마음의 안식을 얻지 못했고
여전히 할 수 없는 일들을 탓하며
떳떳지 못한 질투와 욕심으로 고독의 무게를 늘린다

고독의 무게가 땅만 해질 무렵
전화기 단골손님
'오늘은 어땠어? 나는 이랬어, 주말엔 비 온대, 그거 진짜 맛있어'
내 욕심들과 상관없는 작은 이야기, 가까운 웃음

빈번한 통화를 마치고
집으로 향하는 길
마음이 가라앉고 미소가 올라지는 길

나는 작은 전화기를 꺼내 조금 전 그녀의 이름을
행복이라 바꿔 적었다.

오늘의 사람

서슴없이 작업실 문을 열고 어느 노인이 들어온다.

검은 비닐봉지 입구에 내려놓고 양장본 책 3권을 선반에 올려놓는다.

어떻게 오셨냐 물으니 자세 낮춰 이작가님이냐 물으며 나의 젊음에 놀라 했다.

그는 내가 좋아하는 독자다. 나보다 삶을 더 겪으신 분, 버티신 분, 향유하신 분.

그런 분들 중에서도 아마도 최고령, 그런 노인이 이곳, 수원의 숨은 내 작업실에 찾아왔다.

사실은 이전에도 찾아왔었는데 문이 잠겨서, 내가 없어 돌아가셨다 했다.

나는 죄책감에 재빨리 따듯한 유채꽃 차를 내어드렸다.

우리는 다른 의자에 하지만 나란히 앉았다.

그는 정말 뵙고 싶었다는 말만을 반복했는데 다음 말을 찾지 못하는 중이 분명했다.

나 또한 나를 찾아온 노인에게 어떤 말을 꺼내야 할지 좀처럼 정하질 못했다.

다행스러운 것은 대화 상대가 나보다 더 노련하다는 것.

그가 먼저 내게 책 이야기를 꺼냈다.

그가 읽은 책은 나의 시집들.

나는 조심히 입을 열었다. 지금 내가 하는 모든 말은 고칠 수 없는 초고이기에.

하지만 그것도 잠시, 나보다 40년은 더 산 노인에게 낙서하듯 말하고 있었다.
그러자 그도 수줍게 꿈을 풀어냈다.
그러니까 왕년에 꿨던 꿈 말고 지금 꾸는 꿈.
자신 보다 40년은 덜 산 나에게.

그는 자신의 계획을 말했는데 그 계획 듣다 마음 모두 웃어버렸다.
70이 넘는 그가 노후에는 괴산에 내려가 살 거라는 말에.
나는 그에게 포스트잇을 붙였다.
노후가 없는 사람
노후를 미루는 사람
노인이 노후를 먼 미래로 여기는 게 참 재미있다고 말했다.
우리는 웃었고 슬퍼했고 친구가 됐다.
이제 슬슬 그와 이별을 준비하려 하는데 그의 네 번째 손가락에 결혼반지가 보였다.
아들이 열두 살 때 이혼했다는 그의 결혼반지.
나는 그가 떠난 후에도 그를 잊지 못하고 그를 쓰고 있다.
근래에 내가 만난 가장 젊은 사람. 그리움이 가장 깊은 사람.
나와 닮은 사람.

즐거운 편지*

그대의 날이 온다면
우리 함께 봤던 영화처럼
편지를 읽어주겠습니다.

그대의 날이
그대의 말처럼
뭐가 그리 특별한 날이겠냐만
우리 서로를 만나
한 번도 사랑하지 않은 날이 없던 것처럼
우리 함께하는 날은
하루도 특별하지 않은 날, 없지 않겠습니까

요즈음 나의 날들은
그대를 만난 날과 만나지 않는 날
그대에게 서운했던 날과 기대로 가득 찬 날
그대가 힘들 날과 편안할 날들로 구분되고 있어
그대의 날이 온다면
그날이 무엇이 특별하겠냐마는
나 그대가 사무치게 특별해
그날이 특별한 까닭입니다.

축하합니다.
나 이 짧은 한 마디 하면서 얼마나 즐거운지 모르겠습니다.

그대의 날을 내가 챙겨 줄 수 있다는
내 자잘한 성취의 기쁨이 아니라
그저 이 중요한 오늘도 함께 하고 있다는 사실이 못 참게 즐거운 까닭입니다.

진실로 진실로 나는 기쁩니다.
시간과 함께 그대를 맞이한 것처럼 언젠가 시간과 함께 그대를 보낼지라도
우주가 정해놓은 만남과 이별의 섭리 앞에서도
지워지지 않을, 그대와의 첫 만남이 근거 되어
그대를 품었던 날, 우주의 법칙으로 설명 못 하는 무게를 증거 삼아
나는 당당히 우리의 빛나는 날들이 영원할 것임을 믿습니다.

지금의 모든 것, 영원하겠다고 영원하자는 맹세가 아닙니다.
매일의 오늘, 오늘의 지금을 영원으로 만들자고, 서로의 영원이 되자고 말하고 싶습니다.
영원한 것은 없다는 걸 알지만 우리는 영원을 믿습니다.

이미 이 즐거운 편지가 우주보다 오래 남을 시(詩)라는 것을 아는 까닭입니다.

---

*) 황동규의 시 '즐거운 편지' 제목 차용

서둔로 166* 함성

뭉친 천둥소리 풀어내듯 지나가는 전투기 굉음
닳아진 귀 막고 비명 뽑아 지르는 우리들과
즐거움 뿌리며 지르는 아이들의 함성

언젠가 우리들의 비명을 알게 되겠지
너희도 비명을 지르게 될 것이라
저주하는 듯한 걱정
내 저주 알아챘는지 비눗방울 총으로 맞서는 파안대소
저격 중인 맑은 눈총

총도 즐거움도 가누지 못하는 아이들의 항복 요구
맞아봤자 비눗방울인 총 앞에서
나는 어쩌지 못하고 항복
꼼짝없이 비명 없는 세상으로 만들어야 할
아이들에게 항복한 자들

---

*) 서둔로166: 수원시에 위치한 경기상상캠퍼스의 도로명 주소, 과거 이광호 시인의 작업실이 있었으며 인근에 공군비행장이 있어 전투기의 소음이 심하다.

어쩌면 풍경은

겨울
내 작은 작업실 창 너머 풍경은 마르고 외로웠지만
봄
내 작은 작업실 창 너머 풍경은 풍성하고 활기차다.
겨울에도 봄에도 풍경은 아무것 않고
가만히만 있었는데

풍경은 외면받던 겨울 시절이 기억도 안 나는지 마냥 기뻐 보인다.
다시 겨울 오면 모두가 떠날 텐데 그것도 모르고 배알도 없이.
아니다. 분명히 풍경은 안다.
얼마나 겪은 계절인데

어쩌면 겨울 동안 풍경은
봄이 오면 모두 채워질 것을 알았다.
어쩌면 봄 동안 풍경은
겨울이 되면 다시 마르고 외로워질 것도 안다.
그래서 어쩌면 풍경은
그래서 지금이 기쁘다.

새로운 학설이 정설이 될 때

매일 밤 제사를 지내는 마음에
거대한 평화를 위협하는 것은 새로운 학설의 등장이었다.
내 안에 오래된 학자들은 모두 그것을 철저하게 비난했고
새로운 학설이 용서를 구할 때까지 패고 밟았다.

하지만 시간이 지날수록 새로운 이론이 지금의 정설보다 설득력 있었다.
어느 날은 오래된 학자가 자신도 모르게 새로운 이론을 적용하여 마음을 설명하기도 하였다.
하지만 학자들은 지금의 정설로 쌓인 평화가 깨질까 두려웠고
몇 학자들은 지금까지 믿음의 오류를 인정하면 그간의 시간이 부정되는 것이라며 겁을 줬다.

마음은 매일 밤 제사를 지냈고
제사를 지내는 동안 탄압받는 학설의 신음이 계속되었다.

더운 공기도 차가워지고 잎들도 변색하자
기존의 정설은 더 이상 새로운 현상들을 설명 해내지 못했다.
결국 새로운 학설이 인정될 수밖에 없었고 그것이 정설이 되는 순간 오래된 학자들은 모두 폐기되었다.

새로운 종교의 등장이었다.

Corruption. 2018.

어머니

나의 슬픔이 나의 것만이 아닐 때
나는 쓰지 못한다.
나의 슬픔을 여기에 쏟아도
그대의 슬픔은 여기에 얼룩지니
닦지 못할 죄스러움 어찌 쓸까

살아있어서 어쩔 수 없는

아무것도 하지 않는 사람은 없다고 결론지었다.
앉아 있거나, 누워 있거나, 자고 있거나 하는 사람을 본 일은 있어도
아무것도 하지 않는 사람을 본 일이 없다.

아무것도 하지 않으면
어디 있는지를 몰라
어딘가에 있어도 나는 결코 모른다.
그래서 그런 사람 없다.

아무것도 하지 않는 사람은 보통
아무것도 하지 않고 있다고 말을 하거나
아무것도 하지 않는 대회에 참가하고 있었다.
도저히 아무것도 하지 않는 사람은 없지만
언제인가 시체와 심각하게 착각한 적은 있었다.

소용없는 이정표

발목이 미끄러지는 사람으로 향하길
낭만을 읽을 줄 아는 사람으로 향하길
달아 놓은 이정표

내 마음의 이정표 수 백 개지만
내 길의 끝
여기, 도착한 곳은

나는 무력하게 그대에게로 걸어져
그것들을 뭐 어쩌겠소

탓하는 사람을 피해
옭아매는 사람을 두려워해
꽂아 놓은 이정표

내 마음에 꽂은 이정표 손에 꼽지만
어쩌겠소,
내 여행 끝
안식을 얻은 이곳은

나는 그대 쪽으로만 걸어져
그것들이 뭐 어쩌겠소

가족의 생

명절이었다.
내가 가장 늦게 도착했고
어른들은 나를 기다리고 있었다.
다 같이 저녁을 먹었고
웃으며 티비를 봤다.
그러다 피곤한 사람들
한두 분씩 주무시러 가셨다.
뒤늦어 어른들께 할 말 생각난 나는
불 꺼진 어른들의 방을 봤다.

나는 혼자 남아
불 꺼진 어른들의 방을 보며
피곤한 사람들 먼저 주무시는 거구나 했다.

젊은 시인의 시(詩)

식은 탕수육과 방 한 칸에서
먹다 남은 바카디를
아직 시를 쓰지 못한 셋

젊어 쓰지 못한 시
늙어 써 내야 할 텐데

우리 젊은 육체 빌려서는 나오질 못하니
삶을 살아야지 더 살아 봐야지

젊어 시를 써내기는 괴롭기 그지없고
시 품어 살면 언젠가 시를 낳겠지 하던

젊은 시절의 나는
떳떳하게 서 있는 저 거목의 나이테를 보지 못해
그렇게 억울했었나 보다

슬픔의 이유

오랫동안 슬펐던 이유는
내 몸집만 한 시집이 팔리지 않아서
내 시가 세상에 닿지 않아서
무엇도 되지 못해서
그것이 아니라

그간 아팠던 이유는
트럭만 한 빚이 무거워서
욕심을 주무르던 손 마디가 아려서
마음만 급해 숨이 가빠서
그것이 아니라

오늘 밤, 즐거운 이유는
사랑하는 그들과 함께 할 수 있어서
그들에게 마음을 나눠 줄 수 있어서
보고 싶었다, 말할 수 있어서

그럴 수 있어서

저녁을 먹고

밥때를 놓쳤는데

건넌 방 누나 족발 시켜 준다 하네
같은 방 누나 라면 끓일 거라 하네
맞은 방 형님 맥주 사서 온다 하네
길 건너 누나 형님 같이 먹자 하네
먼저 밥 먹은 동생 김밥 주고 가네

한 사람씩 식탁 위로 마음을 더하고
식탁 아래로는 하루 동안 자신들 받쳐낸 두 다리
옹기종기 의자에 걸쳐 놓으니
식탁 아래 위로 충만해졌네

모두가 나란히 붙어 앉아
같은 주제로 웃고
모르는 이야기들은 나누어

배가 불러
툭 툭 쳐 보니
음식 말고 저녁이 들어있어
이래서 저녁 먹는다고 하는구나 싶었네

오랜만에 저녁 먹은 나는
소화가 천천히 되어도 좋겠다
싶었네

내가 배인 주름

구우아여운 여자가 옆에 있다.

여자를 만지고, 만져지고 싶어 손을 잡으면

손등의 주름

왜 주름은 연약할수록 날카로워

나는 갈수록 너무 쉽게 베이고 만다.

겨울 우편물

조금 더 추우면 죽을 것 같던 겨울에
은행으로부터 배달된 내 이름
대출 관련 우편물
책상에 놓여있다
정갈하게 뜯어진

이미 늦은 그날 밤
나를 감시하는 어머니에게
화를 가진 대로 던졌고 어머니는 조용히 당신의 무릎만
을 쓸어내렸다
그 느려진 손짓에 나는 참지 못해 돌아섰고
어머니는 계속 당신 무릎만 쓸어내리셨을 것이다.

멀지 않은 그해 겨울
병원으로부터 배달된 우편물
수취인 상관없이 뜯어읽은 나는 코끝을 훌치며
수신지인 어머니 화장대에 올려 두었다.

분명 뜯어진 우편물을 보았을 어머니지만
그날 밤 어머니의 그릇 소리는 다름없이 다정했고
반찬을 들추는 얇은 나의 미안함은 식탁만큼 무거웠다.

시리고 날선 이 겨울.
무사히 도착한 우리의 다행은 그저 기특하기만 했고
그동안 행복 몰라 살았는지
다행을 알려주는 근심의 우편물이
얼마나 감사한지 모른다.

흩어 있던 우리가
도착할 곳 있는 여기가,
도착할 수 있는 지금이
모두가 다행이라 하면서
얼마나 감사한지 모른다.

나에게

다시 하자

내일이 있잖아, 차근차근 내실을 다지는 거야, 전부가 아니야, 도망가도 돼, 너를 믿어, 믿음이 널 이끌어 줄 거야, 변화를 두려워하지 마, 과거는 간직하는 거야, 얽매이지 마, 애쓰지 마, 즐기면 돼, 겁먹지 마, 인생 별거 없다잖아, 인생 안에 무엇이 별거겠어.

걱정하지 마

다쳐도 돼, 다치면서 크는 거야, 아직 배울 거 많아, 모든 건 경험이야, 더 해도 돼, 멀리 보지 마, 대처하는 센스만 기르면 돼, 당당하게 선택해, 후회해도 돼, 무엇을 선택하든 아쉬움은 남는 법이야, 덜 아쉬우려 계산하지 마, 유혹에 이끌려도 돼, 어떤 선택이든 너는 하기만 하면 돼, 그게 정답이 될 거야. 그리고 다음 문제 풀면 되는 거야, 그게 네 삶이 될 거야. 그냥 집중해, 몰입해, 최선을 다해 마음에 무엇도 더 하지 마.

비교하지 마

그러면 평등해, 불평등이 있다면 타인은 네 컬러가 없다는 거야, 네 아이디어를 방치하지 마, 고귀한 가치가 있어, 책임을 생각하지 마, 서슴없이 행위 해, 뻔뻔해져도 돼, 멋 부려, 하고 싶은 거 다 해, 넌 특별해, 신경 쓰지 마, 멀어져도 돼, 안 봐도 돼, 안 들어도 돼, 거기엔 너의 즐거움이 없어, 하루는 짧고 인생은 짧음의 반복이야, 재지 마, 완벽한 건 없어, 사실 있고 없고는 중요하지 않아, 정의하지 마, 증명하지 마, 그냥 존재해, 모든 시작은 존재에서 부터야.

겨울나무

마침내 잎을 다 떨구었다.

더 이상
바람에 흔들리지 않는다.

소리도
나지 않는다.

Toward loneliness. 2019.

2부

가져 보지도 못한 것들을 상실했고 가진 것들에는 짓눌려 버거워 한다. 모두가 죽고 싶어 한다. 요즘은 살고 싶다고 말하는 것이 더 용감한 고백같이 느껴진다.

- 2018년 5월, 이광호 일기 中에서.

오아시스

사막도 운다던데
눈물 모아 샘을 만들어 두었다고

눈물 모아 어따쓰나 싶은데

사람들 꼭,
그 샘 들러
눈물 먹고 간다더라

주말마다 죄를 짓는

스스로 십자가를 짊어진 나의 아버지
살을 녹이는 불볕에도 살을 찢는 한풍에도
쉬지 않고 십자가 짊어지고 걸은 나의 아버지

힘이 부쳐 십자가를 놓고 싶을 때마다
손바닥에 못 박아
쓰러져도 놓지 못하게
스스로 못 박힌 아버지

어린 나는 아무것도 모르고
우리 아버지는 피밖에 흘릴 줄 몰라

마침내 나는 자라
십자가에 못 박힌 아버지 마주했을 때
가여운 우리 아버지
이제 그만 십자가 내려놓으라고

아버지 내게 주말만 도와달라 말하자
가여운 아버지, 나의 아버지
저는 주말에 일이 있어요
그 십자가는 당신의 것

나는 무책임한 아버지에게 돌을 던지고
주말마다 씻을 수 없는 죄를 짓네

슬픔의 값

사는 사람 하나 없어
이젠 그만 말해야지 했던 전철 잡상인이
다시금 몰려오는 승객들 보고
이번 열차까지만 떠들어 볼까 했던가

이제는 내 슬픔 그만 팔아야지 했는데

잘 지내냐 한 마디에
또
목소리를 오랫동안 쭈그러트리고
마침표 대신 한숨으로 안부를 맺어버리며 슬픔을 매대에 올리고 말았다.

좀 전까지 열심히 슬픔을 설명하던 낯선 나는
팔지도 못하고 작아져 버릴, 익숙할 내가 미리 후회스러워
혼자 한심하다가 뒤늦게 웃어버리며 괜찮다고, 사실은 괜찮다고

혼자 북 치고 장구까지 쳐버린 탓에
물어본 이 칠 것 없었는지
자신의 배를 치며 배고프다고
밥 사 줄 테니 먹고 가라고

진짜 팔려버린 슬픔
이 값이 아닌데
팔고 싶지 않았던, 열심히 팔아버린
잘 못 팔려버린 슬픔

그런 슬픔 없다 손사래 쳐도
이미 내 슬픔 얼마나 비싸게 팔려버렸는지
만 사천 원짜리 꼬치 세트에 팔천 원짜리 덮밥, 삼 천 원짜리 우롱차

부른 배 접어가며 인사한 것은 고마움인지 미안함인지
아무것도 못 팔고 집으로 향하는 길이 그렇게 서럽다는데
나는 잘못 팔아 버린 슬픔이 얼마나 부끄러워
차라리 서러웠으면
차라리 배라도 덜 불렀으면 했다.

실종

내가 실종됐을 때
알아차린 건 유일하게 나뿐이었다.

신고를 하고 설명을 해도
사람들은 윗집 사내만을 생각해
내가 윗집 사내를 너무 닮아 있었기 때문이었나

사람들은 실종된 내게 반갑다 악수를 청해
윗집 사내의 이름을 부를 때
손바닥에 내 이름을 적어 주어도
그런 것도 있었냐고 되물어

몇 시간을 묘사해도
사람들은 윗집 사내의 얼굴만을 생각해
나도 윗집 사내를 묘사했나 싶어
거울을 봐

윗집 사내를 너무 동경한 탓에
나는 내 얼굴을 설명할 수 없게 되었네

할아버지와 아버지 그리고 나

1.

사장님이 우리 아버지 배를 발로 찼어요.

아버지는 도움을 요청했지만 사람들은 모른 체했어요.

모두가 사장님을 무서워하거든요.

용기 있는 사람이 나라님을 찾아갔어요.

나라님은 사장님을 욕한다며 그 사람을 때렸어요.

우리 아버지는 겁에 질려 제게 말했어요.

대학을 가라, 사장님 되라, 나라님 되라.

결국 저는 대학을 졸업했어요. 모두가 나를 반겨줬어요. 결국 저는 나라님이 됐어요.

아버지가 기뻐했어요. 하나둘 사장님들이 저를 찾아오기 시작했어요. 저는 그들과 팔짱을 꼈어요.

어느 날 친구 아버지가 찾아와 당신 사장님을 욕했어요. 저는 친구 아버지의 배를 발로 찼어요.

동네 사람들은 친구 아버지 배를 찬 나를 존경했어요. 다음 날 저는 그 사장님에게 자동차를 선물 받았어요. 친구들이 저를 부러워했어요.

어느 날 아버지의 배를 발로 찼던 사장님을 만났어요.

이젠 저는 그를 벌할 수 있어요. 그의 명패를 떨어뜨렸어요. 소문은 퍼졌고 사람들이 놀라 했어요. 큰 나라님이 찾아왔어요. 제 배를 발로 걷어찼어요. 저는 다시 그의 명패를 주워 올렸어요. 사람들은 하나같이 올려진 그의 명패를 닦기 시작했어요. 저는 조용히 그 사람들을 배웅해줬어요.

2.

아버지는 사장님과 나라님 앞에서 꼼짝도 못 했어요. 늘 사장님과 나라님 흉내를 내셨죠. 저더러 맞기 싫으면 사장님과 나라님이 되라 하셨어요. 아버지는 몰랐어요. 저는 이미 멍들어 있다는 것을.

드디어 대학을 졸업했어요. 모두가 이젠 대졸자를 지겨워해요. 저도 큰 회사에 가고 싶어요. 하지만 그곳엔 사장님 아들과 나라님 아들만이 갈 수 있어요. 아버지는 제게 노력이 부족하다 했어요. 저는 더 노력했어요. 하지만 사장님의 조카와 나라님 조카들과는 노력의 질이 달랐어요. 저는 좌절했어요. 그러자 아버지는 제게 나약하다 하셨어요.

친구들이 평등한 시험을 알고 있다고 했어요. 모두가 나라 시험에 모였어요. 시험은 일 년에 한 번 있대요. 저와 친구들은 노력이 부족했는지 합격하지 못했어요. 다시 우리는 좁은 문 앞에 길게 늘어진 줄 끝에 섰어요. 삭막했어요. 아버지는 나와 친구들에게 '왜, 나라 시험만 보려 하냐'며 욕했어요. 저와 친구들은 울었어요. 그때 사장님 아들과 나라님 아들이 외제차 경적을 울렸어요. 우린 초라했어요.

방송에선 오디션 경쟁 프로그램만이 나와요. 몇 십만이 모였대요. 왜 그리 많이 모였는지 아무도 몰라요. 또 공부를 시작할지 고민돼요. 이젠 더 적게 뽑는대요. 지원자는 더 많아졌는데요. 아버지가 저를 걱정해요. 손바닥

만한 화면에선 모두가 멋있어 보여요. 저도 남들처럼 멋있게 살고 싶어요. 아버지도 제발 남들처럼만 살래요. 어쩌면 사장님 아들과 나라님 아들처럼 살아 보고 싶었는지도 몰라요. 하지만 관뒀어요. 작은 회사를 가기로 했어요. 이젠 나이가 있다며 그 또한 쉽지 않았어요. 아직 이십 대였어요.

초록색 눈물

이다지도 가벼운 슬픔이
나는 뭐가 그리 무거워
이 종이 위에 힘없이 떨구나
콧방귀 한 번에 날아갈 글자들

동료는 나의 괴로움을 감별하고
친구는 나의 슬픔을 계량한다

도로에 얼굴을 묻은 저 고양이는
얼마나 나약해서 이 세상과 어울리지 못했나
저 고양이의 눈물도 유리 색 아니라 어울리지 못했나

나는 아니야, 아무래도 어울리고 싶어
유리 색의 울음을 낼 수 없다면
달려오는 트럭에도 눈웃음 지으며 인사를 해야지

그러다 눈이 너무 시리는 날에
나도 모르게 초록색 눈물이 떨어져

무슨 일이냐 물어볼 줄 알았는데
모두가 손을 저으며
저건 눈물이 아니래

후천적 우울

 눅눅한 담뱃잎을 좋아한다. 방바닥은 맨 발바닥을 떼어 놓듯 찰지다. 유리창에 붙은 빗방울을 좋아한다. 한 줄기 유성처럼 떨어지길 기다린다. 빗방울엔 냄새가 없다. 그래서 비 냄새가 좋다. 라면을 끓여 먹고 싶다. 나는 비 오는 날 구름 위에 가 본 적 있다. 맑더라. 죽은 시인의 반성문이 그럴듯해 보인다. 내가 구름 아래 있는 탓이다. 눈이 떨어질듯하지만 구름은 지나간다.

사랑의 공간

아무래도시가사랑스러운이유는여백이있어서행이있고
연이있어거추장스러운것들줄여생각에여백을주어서이
구절이사랑스럽지않은이유는다닥다닥붙어서아무래도
내가사랑하는것들은내가들어갈공간이있는것들내가나
를사랑하지못하는이유도그러한이유인것들

가위눌림

아무것도 못할 때가 있다
너무 많이 느끼는 탓이다
세상은 치열하게 바쁜데
나 혼자 멈춰버려 괴로운

도처에 널린 슬픔들이 만져지고
지나간 부끄러움과 죄책감들이 박힌다
돈도 안 되는 것들
바로 지금

벗어 나야 한다
가위눌려 손가락 움직이듯 시를 쓴다
벗어난 무엇도 필요 없다
이미 내가 벗어난 사람

한 편 쓰기를 몇 시간째
아무것도 해내지 못한 시간들
예정된 내일의 가난
가위로 종이를 찢자
삶에 책임을 져야지

가엾는 시간들
가위없는 시간들.

으면

간밤에 잠들기 전
속이 하도 허해서
이랬으면, 저랬으면으로
빈속을 채우고 잤더니
그것도 면이라 불어 그런가
맑은 날 아침에도 속이 더부룩하네

일종의 기원

1.
아주 가끔 타인의 담배꽁초를 줍는다.

그의 슬픔이 길바닥에 나뒹굴지 않게
그의 아픔이 누구에게도 들키지 않게

2.
고민과 걱정은
가루가 되거나 연기로 날아가고

고민과 걱정의 유골만이
빼곡하게 꽂힌 무덤에
내 저항의 역사를 더한다.

A phenomenon of origin. 2018.

사막은 봄이 와도 모래를 치우고

사막은
한 줌 모래를 치우려
봄을 보내고

사막이
모래를 옮기는 시간 동안
모래는 사막을 덮었다.

오늘도 파도를 일며

모든 것을 받아들인다 하여 바다
바다 같은 사람이 되어야지
넓은 포용력 그것이야말로 미덕
나 오랫동안 모두를 받아들이니
악취가 나는 것은 어쩔 수 없는 일인가

악취에도 어쩔 수 없음을 붙이는 나는
바다의 떳떳함인가 악취의 뻔뻔함인가

도피처

익숙한 기계 돌아가는 소리
아버지가 나를 길러낸 소리
주말이나 명절마다 들어야 하는
아버지 일터의 소리

끝없는 일이 힘들어 잠든척하던 열다섯부터
내가 도울 수 있다면 했던 스물을 지나
늙어가는 아버지를 위해 어느덧 십오 년

이젠 아버지의 숨이 나의 근육으로 부드럽게 이어져
줄지어 선 일감도 뚝딱
어디 가서 일당 받으면 제법 받겠다
이제 나는 베테랑

아버지 내 빠릿함 보시며
-너 친구랑 같이 이거 해라, 돈 안 되는 출판 그거 그만 하고.
아버지의 말 마침표 끝에
부모 마음도 모르고
너무 쉽게 무너지는 내 공든 마음

사실 아버지 말 끝 마침표 때문 아니라
친구와 술자리에서 내가 붙인 꼬리 마침표

그 길게 둘러 끝에 마침표 찍은 그날 떠올라버려서

-나 그냥 때려치우고 아버지 일할까?

아버지가 붙인 마침표
나도 붙여봤던 마침표
나도 셈 해봤던 돈
사실 이곳
아버지가 말하기도 전
아무도 몰래
이미 염두 했던 도피처

나도 몰랐던, 이젠 숨지 못할
마음이 무너져서야
모두에게 들켜버린 도피처

슬픔의 산

내가 넘고 싶은 가장 큰 산은
내 길에 없네
나는 그 산을 넘고 싶어서
나는 슬프네

서촌환멸

확 미쳐버릴까 하는 맑은 날씨에 린넨셔츠를 입고 서촌에 샤베트를 먹으러 갔다.

내게 보고 싶었냐 묻는 소녀는 대답도 전에 햇살처럼 착 달라붙는다. 길 건너 도로에는 장애인 등급제 폐지 현수막이 보인다. 한복을 맞춰 입은 젊은 연인은 셀카봉을 늘리고 카페 앞 아이는 엄마와 장난감으로 실랑이를 벌인다. 샤베트는 입에서 녹고 소녀는 사진을 찍어 달라 말한다. 내 사진첩엔 어제 시 쓰기 수업을 받은 중학생들의 시가 가득했다. 하나같이 쓸쓸하다. 주제는 '자기 자신'이었다. 거리에는 장미들이 담을 넘어 포토존을 이루고 맛집 대열에 오른 식당 앞에는 사람들이 자신의 차례를 기다린다.

소녀는 저녁 메뉴를 고민한다. 어느새 큰 도로에는 정부 정책 철폐 피켓을 든 의사협회 사람들이 행렬을 이루고 있다. 나는 그들을 지나친다. 한 중년은 교통체증을 걱정한다. 그저께는 오래전 광주에서 수만 시민이 학살당한 날이었다. 한 작가는 학살가에서 책을 내고 광주를 잊지 말자 말한다. 지난날 비위생적인 언론에 보도된 나는 또 얼마나 기뻤나. 나는 소녀에게 갈비를 먹자고 말한다. 갈비를 먹는 동안 의사협회 행렬은 끝이 났고 나는 담배를 태웠다. 배는 불렀고 머리는 어지러웠다. 불룩하게 나온 배가 부끄러워 감췄다.

거품

그동안 감히
얼마나 칭찬 앞에 떳떳했다.
부끄러운 줄도 모르고

나는 진실로 멋있던 적 있었나.
그들의 칭찬을 칭찬으로 받아들이기에는
거품에 휘감겨
칭찬에 닿지 못하는 사람.

거품은 칭찬 먹고 신나
다시 제 몸집 키우나

이러다 이러다 나는 언젠가 거품에 잠기고 말지.

수없이 떳떳할 날들을 골라왔지만
여전히 나의 자랑은 거대한 거품
그저 걷어내면 그만일 거품 하나도
뚫지 못하는 허약한 상상

어쩌지 하는 찰나에
칭찬 먹은 거품은 신이 나
다시 거품을 불리나

거품 아래

내 몸부림

뜨거운 거품질

아파트

도시에는
바람이 많아
창 열어두면
온갖 바람이 든다.

이런 바람, 저런 바람
살림은 방향 없이 흔들리고
흔들리고 싶지 않은 집
창을 닫는다.

살림은 유폐되고
공기 청정기를 켠다.

중절모는 떨어지고

왠지 오늘 내 작업실은 죽어있기만 한 것 같아 꽃집에서 살아있는 것을 가져와 화병에 꽂았다.

그래서 화병이라는 우화[5]를 쓰자 누군가 이것은 시라고 했다.

그래서 제일 밝은 곳으로 나와 우화[6]라고 했고 누군가는 그대가 우화[5]라면 우화[5]지만 덜컥이는 게 너무 시 같다고 했다.

그래서 아무것도 입지 않은 채 시집에 우화[4]집이라 달았다. 하나도 이상할 것이 없었다.

그래서 우화[4]집을 다 팔았고 중쇄를 찍지 않았다. 나는 우화[1]했고 다시 우화[1]할 수 없었다.

그래서 새로운 육신을 흔들어 시집을 썼고 누군가 이것은 시가 아니라고 했다.

그래서 무엇이 시냐 물었고 그는 혹성의 표면에서 피어나는 찔려도 향기가 나는 날카로운 아카시아라고 했다.

그래서 한쪽 눈을 감고 길바닥에 보드라운 볼을 비벼 혹성의 표면을 찾아 떠났고 설령 찔려도 향기가 날 것 같은 아카시아를 심었다.

왠지 오늘 내 작업실을 죽음으로 내 모는 것은 말라 시들어 죽은 꽃은 아닌가 초록의 얼굴을 하고 중얼거린다.

아침의 힘

잘려나간 음성과 추락하는 시선들
간 밤에 다 가고 힘만이 남아
안 간 힘으로 등지고 있는 우리

존재는 했을지 모를 목적
잃은 힘
출처 모를 이 힘을
어떻게 써야 하는지 모르겠다면
우리 등 돌려 입 맞추는데 쓰자고

시(市)

누구의 슬픔인가

쉽게 지나쳐서 안 될 시라 느끼지만

나

그냥 넘긴다.

오늘의 나완 상관없는 아픔 같아

내 안에 터는 넓어만 가고

오늘도 마을은 지어지지 않는다.

보이는 나를 빌려 어제의 나를 쓰네

이젠 모두가 서로를 너무 많이 알고 있어
허위와 부끄럼 들켜버릴까
두려워 떨고 있어
겁이 나지만 또 말을 걸 수밖에
내가 날 알리는 것
그게 시대 흐름이니까
남들이 내 모양을 잡어
그걸 이겨내야 한단 말들을 기억해
근데 그들의 모양도
왜
누가 만들어 낸 것만 같은지
어차피 우린 같은 공길 마셔
모두 연결되어 있음을 느끼고 있지
세상은 착각이라 말하지만
내 믿음의 병
전염잔 또 다른 날 만들고 있지
보이는 내가 나인지
보이지 않는 내가 나인지
헷갈리기만 한데 둘 다 나라고 하기엔
둘은 너무나도 달라
보이는 나를 빌려
보이지 않는 나를 쓰네

지금의 내가 변했다고 말해

그러기엔

순수한 내 모습은 오직 과거에만 있고

지금의 난

시간에 따라 커져버린 몸집에 불과한지

순수한

진짜라던

내 모습을 유지하려 노력 뒤에 숨겨온 경련

인정 못한 시간 속에 늘어만 갔던 환멸

가장 나답던 때는 변해버린 날 초라하게 만들고

지금을 인정하기 위해선

용기를 모으는 게 가장 중요한 일이었네

추운

긴 싸움과 두려움

불안함은 자꾸만 나를 먼 곳으로 보내둬

소중한 이들의 인사를 너무 많이 놓치게 했네

나는 어느 쪽인지도 모른 쪽으로 누워

어제의 내가 나인지

오늘의 내가 나인지

헷갈리기만 한데 둘 다 나라고 하기엔

둘은 너무나도 달라

오늘의 나를 빌려

어제의 나를 쓰네

외로운 날

텅 비어 버린 날은
외로워도 울 곳이 사방이라
외롭지 않네
울 곳 하나 없어 울 곳도 찾아야 하던
외로운 사람이 부러워한
외로운 날

인형

매일 가지고 다니던 인형을 태웠다.

모두가 놀라 했고 내 눈치를 봤다.

왜들 호들갑일까
인형일 뿐이잖아요.

3부

죄책감을 씻을 수 없었고 떳떳하길 바라던 내가 할 수 있는 건 오직 외면하는 것뿐이었다.

- 2018년 9월, 이광호 일기 中에서.

오랜 숙제

시를 쓰다가
고치고 덧대고 하다가
다 지운다.
누워있던 시간은 이미 앞으로 고꾸라져 있다.
오늘도 나는 쉽게 쓰고 오래 지운다.

아직 몇 구절, 머리에 맴돈다.
어제도 남겨둔 구절이다.
그것들은 남겨두기로 한다.
오늘은 슬픔을 다 해버렸으니까
내일도 오랫동안 지워야 할지 모른다.
지운다라는 글자 모양이 참 슬프게 생긴 탓이다.
어쩌면 나는 지우기 위해 슬픔이 더 필요할지도 모르겠다.

밤길

그대를 두고 떠나오는 길
두 손 가득 기억들이 무거워
몇 기억들 놓아버리고

우리의 이별 슬퍼하듯
밤공기
유리에 부딪혀 스스로 눈물이 되는

나는 이 밤길의 이야기가 궁금해
같은 모양의 외면들, 슬픔들

나는 이 밤길의 이야기들이 필요해
자국들로 만들어진
이 오래된 밤길의 무엇이라도

지구의 미스터리

달이 해 보다 400배 작지만
크기가 같아 보이는 건
달이 해 보다 400배 가까운 탓이라고

지금 나를 알려주는 사람과
지난 나를 만들어준 사람은
몇 배 되는 시간차 있지만

그 둘이 같게만 보이는 건
지난 그 사람과 와 지난 그 사람의 를
아직 가까이 둔 탓이라고

사실은 지구가 감당할 수 있는 위성은 아주 작은데
달은 그보다 73배 크다고
말도 안 된다고 하면서
이 미스터리의 비밀은 그리움의 힘밖에 없어

중력으로 잡아둔 것 아니라
그리움으로 띄워 놓은 거라고

이 모든 낭만이 가능한 것은
사실 사무치게 아름다운 달의 속은
텅 비어있어 그렇다고

어쩌면 그래서 지구는 달을 거기에만 두고
종일 파도를 내는 걸지도 모른다고

만들어지지 않은 손

떠났던 그녀가 내게
넌 잡지도 않았잖아라고 했을 때
얼마나 천사가 그녀를 아끼기에
유리한 기억만 남기고 불리한 건 다 가져갔을까 싶었다.

자존심 다 던졌던 마지막 그 자세만 취하면
아직도 근육이 아려오는데

떠나는 사람에게
손 하나 뻗어 잡지 못하는 나를 마주하기 전까지는

넉넉하게 인정해서
내 근육은 잡는 법이 서툴다곤 생각했지
만들어지지도 않은 손이었을 줄

등신 대같이 서있을 줄 밖에 몰랐던 나는
손이 만들어지지 않은 팔로 누구 한번 잡지도 못했고

그간 자존심 다 던져가며 취했던 것들은
고작 팔을 흔드는 일이었음을

그리하여 모두에겐

잘 가라는 안녕과도 같은 인사였음을

궁극의 밤

거나하게 술이 오른 밤이면
온몸이 흐물해지다가
기어코 밤에 녹아버려
밤의 일부가 된다

밤이 된 나는 자세도 없이 자유롭게 흩어져
어머니 방에도 가고
그리운 이 옆에도 누워 본다

술값이 아깝지 않은 밤

이를테면
궁극의 밤

유효하는 꿈

시간을 예쁘게 퇴적시킬 정도면 됐는데
시간을 침식 시키는 아름다운 노을

지평선 너머로 편지를 보내고자 하지만
그 즈음 모두 태워진다

구분도 없이 덩어리채로

아이는 내일 쪽으로 앉아
그것도 모르고 다 보낸다

영원히 아름다울 노을로 포장하여
다시 꺼내 볼 수도 없는
지평선 너머 모르는 곳으로

아이는 편지를 비우고
침식된 시간의 곡선을 가진다.

오브느

내 손 엮어 잡은 그녀가
봉담에 오면 오브느를 가자고
오브느 오브느
노래방에선 마이크도 안 잡는 그녀가
노래를 부르니 오브느에 가야지

집에서 몇 걸음, 반가울 나의 이웃 오브느
해가 홍시처럼 익어갈 땐 사장님이 없다고
그의 부재는 진작에 알았지만
가게가 작아 그런지 그의 빈자리 넓이는 몰랐고
함께 온 여자는 바삭하게 익은 스콘을 보며 내 팔을 잡아끈다.

커피가게 치고는 작은 나의 사랑방 오브느.
그의 남편이 만들고 칠한 상에는 그녀를 대하는 마음이 보이고
삐뚤어진 마감에는 얼마나 웃고 떠들었을지 두 사람의 추억이 부럽다.

귀하게 차려 나온 음료와 스콘은 정성이 눈으로 보일 때이고
스콘을 쪼개 먹은 여자의 동동 구르는 손은, 맛이 눈으로 보일 때이다.

나 역시 스콘은 먹어봤지만 이런 맛인지 몰랐거나
내가 먹은 것은 스콘이 아니었을지 모른다.

다시 천천히
스콘을 입으로 녹이며 사장님께 인사를 건넨다.

나는 여기
봉담의 작은 가게에 온 적 있었고
스콘을 내게 떼어주던 여자와 웃으며 장난을 쳤었다.

별자리를 외우며

붉은 것은 화성
가장 빛나는 것은 금성

별들의 이름을 더 외우려
별자리도 배우려
별들의 이름을 몰라 그대 이름 붙이지 않게
누구의 자리인지 몰라 그대에게 내주지 않게

내내 같은 말 더듬지 말고
별이 그대를 생각해도
나는 별 만을 생각해

별들의 이름을 외워야 해
별들의 자리를 외워야 해

밤하늘
아무리 아무리 어두워도
생각이 갈 곳 찾아줘야지.
내 마음 둘 자리 찾아줘야지.

기차

기차
보내고 싶어
기다린다
고개만 돌리면
보낼 수 있는데

무수히 보냈던 편지

잘 지내냐 묻던 당신의 물음에
밤새 앓았습니다.

잘 지내시냐
묻지도 않은 건
지금의 이별을 잘 마치기 위함입니다.

당신이 내게
당신을 위하는 마음이 무수하다 하면
저는 정말 무수하다 하겠습니다.

그럼에도 불구하고
당분간 그대를 잊고 살려 합니다.

도무지 너무 쉽게 마음이 무너질 때마다
연약한 제가 부끄러워 그렇습니다.

지금의 이별이 잘 끝나면
육지보다 단단한 사람이 되어
편지하겠습니다.

그 첫 머리말에는
이렇게 쓰려 합니다.

당신이 잘 지낸다 말하면

저도 잘 지내고 있습니다.*

---

*) Si vales bene, valeo: 로마인들이 편지를 쓸 때 첫인사로 사용하는 말.

작별하던 밤

작별하던 밤

달을 문지르듯
그대 얼굴
오래 보았다.

그러다 마주치면
그대 어깨너머로 던져버린다.

당신 뒷벽에 뭐가 있어 자꾸 보느냐 물으면
당신에게 다 써버리고 던진 내 눈빛 붙어 있다고
농담으로도 말 못 하고 술잔만 기울이다가

작별하던 밤

인공위성 가득해 별 감춰지듯
말을 참 많이도 늘어놨다.

그러다 그대가 맞장구치면
안주 맛만 있는 대로 더 늘어놓고
술잔 기울이다가

작별한다.

작별하려다,
도저히 오늘 밤을 안주 맛으로만 기억하기 싫어
작별을 용기 삼아 그대 끌어안는다.

그대와 작별하는 이 밤을 기억하려
그대의 품으로 작별을 기억하려

작별하는 밤.
그대를 끌어안는다.
슬픔이 온몸을 누른다.

떨어지는 도토리를 보며

톡 톡

상수리나무에서 도토리가 떨어진다.
좀 있으면 겨울인데
아직도 떨어질 도토리 남았는가.
고개를 드니
몇 도토리 아직 달려있다.
아직 익지 못했나.

도토리 익지 않아
떨어뜨리지도 못하는 상수리나무
무슨 생각 하나

도저히 익지 못해
상수리나무에 달려있는 도토리 마음은
어떠하나

서로 놓지 못하는 가지의 마디는
어느 쪽이 더 아리려나

안식처

이미 안식처에 있으면서도
안식을 얻지 못하는 것은
안식처의 결함인가 나의 오류인가

만 번쯤 앉은 자리를 걸레질해도
일어서고 싶을 때
지난번 읽은 편지는 모든 게 마음의 탓이라고

교훈대로 마음을 다독여 봐도
안식처에만 머물러 있기엔
나는 여전히 일어나고 싶어

부재한 철을 찾는 와중에
새로 온 답장에는 청춘이라 쓰여있는데

이미 내 모양대로 잡혀진 안식처는
내게 책임을 묻지만

나는 안식처에 새겨진 모양이 낯설기만 해

안식처는
시간의 장소일지도

지금이라면 나는 어디에서도
그때가 온다면 나는 어디라도

이름 부여

파도가
부서질 때
하얀 눈물의 이름
윤슬이라 했어요

좋아하는 건데
이름도 예쁘다고
더 좋다 했어요

나는 그게
어쩐지 사람 이름 같아
괜히 반갑고 억울해

누가 붙인 이름이냐 물었어요

나도 붙이고 싶은 이름이 있어
나도 그리운 사람이 있는데

혹, 내가 더
부지런했으면

그대 닮은
하얀 파도 눈물

그대 이름으로 지을 수 있었을 텐데

아무래도 윤슬은
누군가의 사랑
누구의 이름
시인의 목격
그리움의 편지

나는
내 그리움 두고
이름 모를 사람의 편지를 읽을 수 없어

파도가
부서질 때
하얀 눈물 이름

그대 이름으로
지어 부른다 했어요.

낭만과 현실

장작 태우는
불꽃

솟아오르는 모양 기운차 보이는데
또 이리저리 흔들리는 걸 보면 얼마나 연약해 보이는지
활활이라고 했나
아무래도 살랑살랑

저 연약한 것이 거칠고 딱딱한 장작을 태운다.
온몸으로 장작을 비비고 어루만진다.

내가 조형한 불꽃이 스스로 움직인다.
누가 생명을 넣었는지
스스로 생명을 가졌는지
번식하듯 불씨도 날린다.
자신에게 주어진 장작이 사라지면
언제 존재했냐는 듯 소멸될 운명을 아는 듯이

거룩하게 날아오는 불씨 두 손으로 받는다.

아!

뜨겁다.

시(詩)2

영원히

들키지 않는 고백을

한때 여백이었던

쓸 것 많은데
종이 없어
쓸 곳 한참을 찾았다
간신히 적어 낼 여백 찾아
쓴다

중에 잉크가 나오질 않는다
없는 게 아니라 굳은 거라 믿고
오래 흔들었다
흔들수록 믿음은 털려 나갔다

몇 자라도 묻은
한때 여백이었던 것
속주머니에 넣는다

쓰여지지 못한
잉크만 묻어진
빼곡히 채워질 수 있었던

한때 여백이었던 것

제목이 너무 긴 마음은 구겨져

노을이 지면 흩어져있던 그리움이 모인다
빨갛게 예뻐진 노을은 그대만 좋아해
내 늦은 오후엔 늘 그대가 있다

뜯겨 나간 손톱으로도 내 고민을 알던 사람아
도망가는 내 등에 안녕을 붙여준 사람아
그대를 소리로 내어, 긴 소란한 오후를 재운다

어리기만 했던 그래서 부박한 그래도 찬란한 나의 화려
했던 나의 나의 나의

그대가 내어져 자꾸 제목만 길어지는 마음은
늘 썼다가 구겨진다

광안리 해변에서의 안부

여기 우리가 약속한 장소
바다와 육지의 경계에는 파도가 치고 있어
바다가 낸 파도가
바다와 육지의 경계를 허물려 해
육지는 또 바다를 계속해서 밀어내
물결은 쉬지 않고 이는데
물결마다 하나씩의 찬란한 반짝임이 있어
그 모습이 또 눈부시게 아름다운 거야

바다와 육지 사이의 이곳
둘의 관계로 생겨난
무수히 모래가 반짝이는
이 경계의 해변에
하필 또 사람들은 꼭 둘씩 서 있어
사람들 사이에는 사랑스러운 것들 떨어져 있는데
한때 우리에게도 넘쳤던 것들이라 줍지 않았어

멀리 보이는 대교의 두 기둥은
여전히 손을 잡고 있는 그대로야
그 모습이 참 의젓하고 단단해 보여서
두 기둥을 사진으로 담았다가
카메라를 옮겨
손을 뻗고 있는 하나의 기둥만도 찍어봐

Parting. 2019.

4부

나 오랫동안 탐독한 것, 여인들의 눈빛이었고

나 여태 읽어내지 못하는 것, 여인의 눈빛이다.

- 2018년 12월, 이광호 일기 中에서.

사랑의 가장

사랑의 기간은 의미가 없다고
허투루 쓴 사람이 말하면
공신력이 없어서

가장 사랑하는 음악을 꼽으라면
내게 가장 긴 역사를 가진 음악을

가장 사랑하는 사람을 꼽으라면
내게 가장 긴 역사를 가진 사람을

사랑을 대표하는 것
함께한 시간 없이는 설득력이 없는 걸

여인과 낙서

종종 여인들은 내 손바닥에 낙서를 했다.
정성스럽게 쓴 예쁜 외국어
나는 결국 알아보지 못하고 손을 씻었다.

여인들은 울거나 화를 냈다.

손바닥에 적힌 낙서를 번역하기 위해
종일 아무것도 만지지 못한
나의 시간들은 보상해주지 않은 채

염치없이 키스를 바라고

우습기도 하지
샌들 사주고 싶다고
사주고 싶어서 그러는데 왜 자꾸 거절하냐던 그녀가 잡은 내 팔목엔
하필 그녀가 사준 시계

그녀가 몇 달째 똑같은 내 샌들 보며 말했다.
가끔은 나한테 잘 보이고 싶은 생각이 전혀 없어 보여.

나는 잉크 가득하지만 말라버린 펜처럼
말라버린 입으로 아무 말 못 하고

몇 달째 신은 샌들만 뒤로 숨기기엔
티셔츠도 반바지도 죄다 그녀가 사준 것.

마음은 고맙지만 나도 돈 있다고
뻔뻔하게 입을 열기엔 그녀가 계산한 찜닭 냄새가 가시질 않는다.

모든 것을 끌어안고
사랑한다 말하기엔
너무 초라한 지금 내 사랑의 모양

다시 그녀를 나에게 반하게 만드는 것이 목표인 요즘이라기엔
너무 염치없었던
오백 원에 두 곡짜리 코인노래방 사랑 노래

터덜터덜
호주머니에선 가벼운 담뱃갑과 라이터 부딪히는 소리뿐
그 길로 그녀 바래다주다
승강장 같은 골목 들어서면
아직은 보내기 싫어
그래도 키스는 하고 싶고

사랑의 목격

두 사람
아주 늦은 밤
아무도 없는
하천을 함께 걸었다.

둘 사이엔 틈이 있었지만
손잡은 것과 다름없었다고
버들나무는 바람에 증언한다.

두 사람
아주 깊은 밤
아무도 없는
하천을 함께 보았다.

별말은 없었지만
고백이 오고 간 것 다름없다며
하천은 시끄럽게만 흐른다.

두 사람의 목격담을 들은 초록 잎들은
어느새 수줍어 붉어질 테고
하늘은 허락의 의미로 넉넉하게 높아만 질 테다.

가을

사랑이 있었다는 증거의 계절이다.

한 겨울의 꿈

털어 마셔도 술잔엔 술이 붙어있습니다.
앞자리 여자의 술잔에도 술이 붙어있습니다.

각자의 술잔에 붙은 술이 다르다는 걸 알지만
어린 여자는 모를 것입니다.

우리 모두 술잔에 붙은 것이 무엇인지도 모를 때
알바생은 노래를 끕니다.

꿉꿉한 공기를 밀며 문을 나서니
겨울바람이 꼭 파도처럼 칩니다.

몇 걸음 걸으니 하늘에선 비틀대며 눈이 옵니다.
어린 여자는 여기가 프랑스였다면 나와 결혼을 했을 거라 합니다.

밤은 가고
분위기 빠진 어제만 무겁게 머리에 달려있습니다.

창밖에는 쌓인 눈 하나 없고
결혼을 얘기하던 여자도 없습니다.

잠시의 즐거움

당신의 웃는 모습을 닮은 장미가 화병에 메워져있다.
하필 당신을 배웅하러 가는 길, 꽃집
달가운 지뢰를 밟은듯하다.

얼마 동안 묻지도 뜨지도 못하고 꼼짝 않다가
오천 원어치도 파냐고

오천 원에 걸맞는 포장이 내내 마음에 걸리지만
가느다란 줄기로 당신의 미소를 받치는 대견한 장미들

장미를 본 당신은 꼭 장미처럼 웃어
나는 오천 원짜리 포장처럼 당신을 안아버렸다.

작별하는 숨까지 장미 향 맡다가
장미를 얼굴에 가득 담은 당신은
떠나는 길, 장미를 들고 갈 수 없다고

그대 가는 먼 길
장미를 가져갈 수 없음을 알았던 나는
잠시의 즐거움
오천 원의 소용이 기특해

당신에게 좋은 시간 주었으면
길었든 짧았든 함께 한 시간
장미의 소용도 나의 소용도
다 한 것임을
다 된 것이었음을.

꿀 없는 꽃

언제부터 였는지
나비가 꽃 주변을 맴돌고 있다.
어제는 술에 취한 나비가 외롭다며 더듬이로 꽃을 찍어댔다.
꽃이 꿀을 잃은지 보름 되던 날이었다.

꽃은 꿀이 없음을 나비에게 말했다.
나비는 울었다.
꽃은 나비를 울리려던 것은 아니었다.

나비 한 마리가 자기 자리인마냥
꽃에 앉았다.
나비는 금방 꿀이 없음을 알아채고
화를 던지며 날아갔다.
꽃은 나비를 화내게 하려던 게 아니었다.

나비들은 연신 꽃을 맴돌고
꽃은 어지러워 아무것 할 수 없다.
잠자리채를 들고 나비를 쫓아다니는 아이들은
나비의 감사를 모르는 꽃이라 손가락질한다.

꽃은 어지럽고 간절히 단정하고 싶지만
손가락질이 두려워 눈치를 살핀다.
흐트러진 머리칼도 못 견디는 아이들의 눈치를

유리문 너머에서

그대와 나 사이에
유리 문이 있다.
유리 문은 우리를 관람자와 피관람자로 구분 짓는다.

그대는 나를 응시하고
나는 그대를 마주한다.

무심한 그대 표정에
나는 무엇을 연기해야 하나

유리 문을 열어야 할 용무는 없었는지
그대는 관람의 용무를 마치고 지나간다.

그리하여
우리는 각자의 이미지만 기억한다.

오직 관람자와 피관람자로

옷

기어코 나를 벗기겠다는 사람의 눈빛
종일 내 옷이 좋다던 사람은 왜 나를 벗기고자 하나

내가 어떻게 차려입은 옷 들인데
나를 만지고자 하는 사람의 손에는 방해만 될 뿐인가

Projection. 2019.

겨울 잠

잠들고 싶어
창문을 닫아도

눈 오는 소리가 새어 들어와

창문을 열면
눈부시게
하얀 세상이 있는 줄 알면서도

창문을 닫고
잠으로 걸어가

아무리 눈을 힘껏 감아도
눈빛은 내 눈을 감싸고
쌓이는 눈
생각을 더
멈출 수 없어

잠들고 싶어
창문을 닫아도

눈 오는 소리가 새어 들어와
기어코 눈을 맞으러 갔을 땐

지친 눈은

다 녹아버렸지

새드엔딩

그는 사랑을 묻는다.
그녀는 설명할 수 없다.
품에 안긴 것, 이미 충분한 설명

하지만 그는 근거가 더 필요하다.

사랑에 빠지기 위해서 근거가 필요하다는 그가 그녀는 밉다.

그는 두렵다.

기어코 단단하게 굳어진 모든 근육을 풀어버리는
오랜 시간 엮어 짜낸 일상을 대번에 무너트리는 사랑이

그는 그런 사랑에 빠져보려 절벽 앞에까지 섰다.
마땅한 근거가 없더라도
절벽 끝, 거대한 두려움
사랑에 빠져 보겠다는 그의 의지

사랑을 외우며 절벽 끝에 선 그는
발 디딜 곳을 응시하다 그에게 묶여진 그림자를 발견한다.
길게 늘어진 지난 그의 그림자
그제야 알게 되는 절벽까지 걸음의 무거움.

그림자에 묶인 그는
스스로 그림자를 잘라낼 수 없고
누군가의 무엇이라도 도움이 필요해
그는 방법을 묻는다.

그녀는 설명할 수 없고
그는 끝내 절벽에서 한 걸음 물러난다.

기어코 뒷걸음질하는 남자의 모습에
여자는 사랑이 아니었음을 느낀다.

비가 떨어지면

비가 떨어지면
ㄴㅔ가 되네

그리하여

네가 나를 적시네

가을 고름

노랗게 물든 나무를 보니
왠지 곪아 가는 것 같아

어제만 해도
곱게 옷을 갈아입은 나무들이
기특하고 기뻤는데

즐겁게 무르익은 계절에도
고름밖에 생각 못 하는 난

어제 쪽으로 서서
오늘 쪽으로 돌린 얼굴을 미워하네

곪을 대로 곪았는지
나무는 말라버린 것들을 떨어트리고

고름딱지 같은 낙엽을
질투의 힘으로 밟아 부수네

곪아 문드러졌음에도
무엇 하나 떨어트릴 수 없는
난

확인

금처럼 보이는 걸 주웠다.

반사적으로 나는 그것을 깨물었다.

날 곧잘 깨물던 여인이 생각났다.

아이와 어른

골목에서 아이가 울고 있다.

무슨 일이냐 물으니
말 않는다.

한참을 같이 앉아 있었다.

자기를 귀하게 여기는 아주머니 슈퍼에서
과자를 훔쳤다 고백했다.

뜯지도 않은 과자를 쥔 채

아이는 부끄러워했고 아파했다.
그럼에도 먹고 싶음에 슬퍼했다.
그런 자신이 못났다며 미워했다.

나는 아이가 용서받을 것을 안다.

허나

어른에겐 결코
허락되지 못하는 일이다.

인연

내가 좋아하는 시간에
약속하지 않은 장소에서
무수한 사람들 가운데
약속한듯한 사람을 찾는 일

찻집 시인과 농부에서

사람들의 낙서가
시간(詩間)으로 농익어 시가 되어 있다.
정말로 시인이 있었다.

사람들의 기억이
추(秋)억이 되면
농부는 정성으로 수확하여
찻집 가장(家長)자리에 둔다.
진실로 농부가 맞았다.

나도 이 귀여운 곳에
기억을 심고
언젠가 추억을 거두러 와야지 생각한다.

농부가 되어
시인이 된다

전염

조그마한 소녀
사내 팔 이끌며
오빠 오빠, 오늘 달 예쁘다.
무심한 사내
콧방귀 뀌며
야야, 그 말 하는 네가 더 예쁘다.
지켜보던 나는 흐뭇하게 혼잣말
너네 참 예쁘다.
그러면 다시,

너에게 가는 길

너에게 가는 길에 항상 천육백 원 더 내면 일 분 더 빠른 길이 있다고 해
나는 너를 기다릴 줄 알면서 그간 수백만 원은 더 썼다.

너에게 가는 길은 몇 가지가 더 있다는데 그게 또 그렇게 반가워
너에게 가는 길이 하나라는 건 너무도 슬픈 일이니까.

너에게 가는 길은 언제나 멀었다 줄었다 해
사실 네게 간다 하지만 도착은 그곳에 네가 있어야 하는 일이라 그래

나는 네게 가면서도 너를 기다려
이미 도착했으면서도 아직 가는 중일 지 몰라

기어코 너를 만나면
내가 온 길에 대해 이야기해주고 싶어.
우리의 시작이자. 전부일 테니까.

신세계

1.
내가 신(辛)세계에 들어서면서
사실 저항은 시작되었다고
이곳의 중력으로부터

2.
비로소 나의 저항이 신(辛)세계 중력과 같아질 때
나는 근사한 궤도를 그릴 수 있다고.

If you open the waves, 2018.

그림| 故류형정이 그려 준, 이광호.

이 광 호 (李 光 浩)

1989. 12. 24 ~

-

4권의 시집과 3권의 산문집
그리고 1권의 우화집을 썼습니다.

leegwangho collection

01 이 시간을 기억해

02 내가 나를 간직할 수 있도록

03 우리는 영원을 만들지

04 아름다운 사유

05 흰 용서

우리는 영원을 만들지

초판 발행	2019년 4월 26일
개정판 발행	2021년 5월 26일
지은이	이광호
발행인	이광호
편집	이광호
디자인	이광호
사진	이광호
펴낸곳	별빛들(Byeolbitdeul)
출판등록	2016년 8월 10일 제 2016-000022호
이메일	lgh120@naver.com

ISBN 979-11-89885-15-1
ISBN 979-11-89885-08-3 (세트)